AMY KROUSE ROSENTHAL & TOM LICHTENHELD

HarperCollins*Publishers*

the OK book

Hi, how are you?
I'm OK.

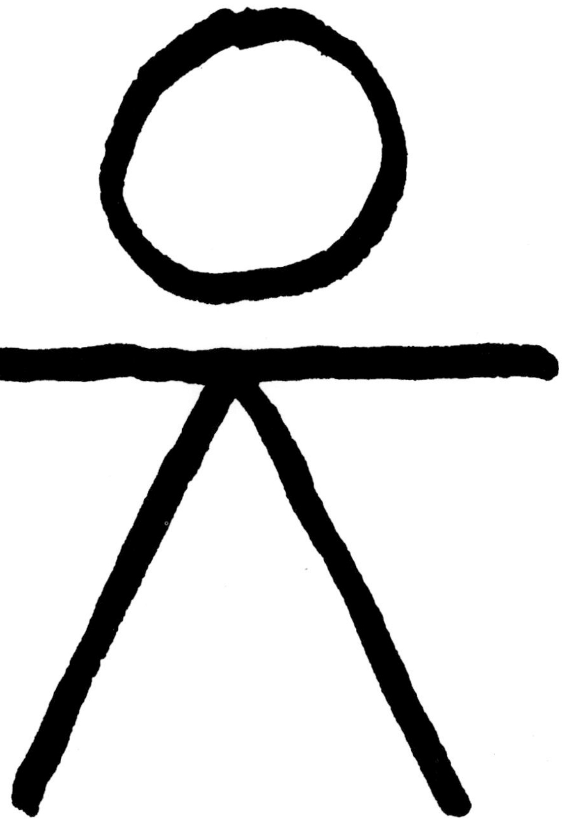

I like to try a lot of different things.

I'm not great at all of them,
but I enjoy them just the same.

I'm an OK skipper.

I'm an OK climber.

I'm an OK marshmallow roaster.

I'm an OK tightrope walker.

I'm an OK left fielder.

I'm an OK right fielder.

I'm an OK diver.

I'm an OK hider.

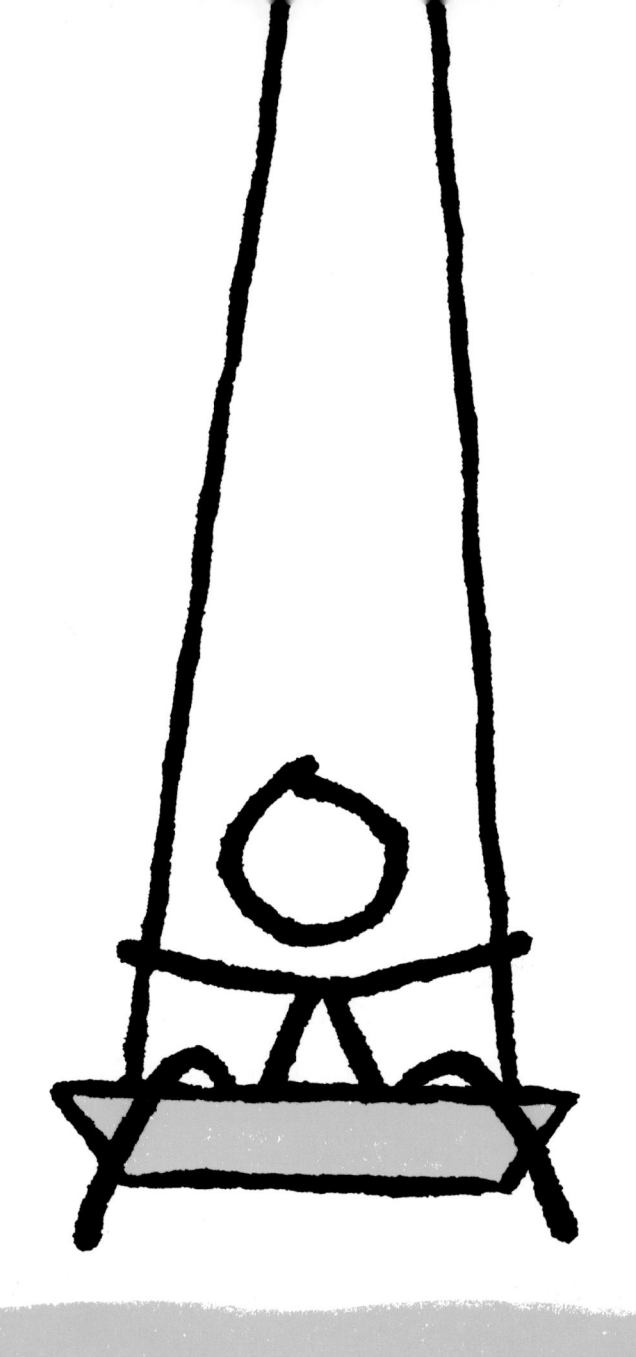

I'm an OK pumper.

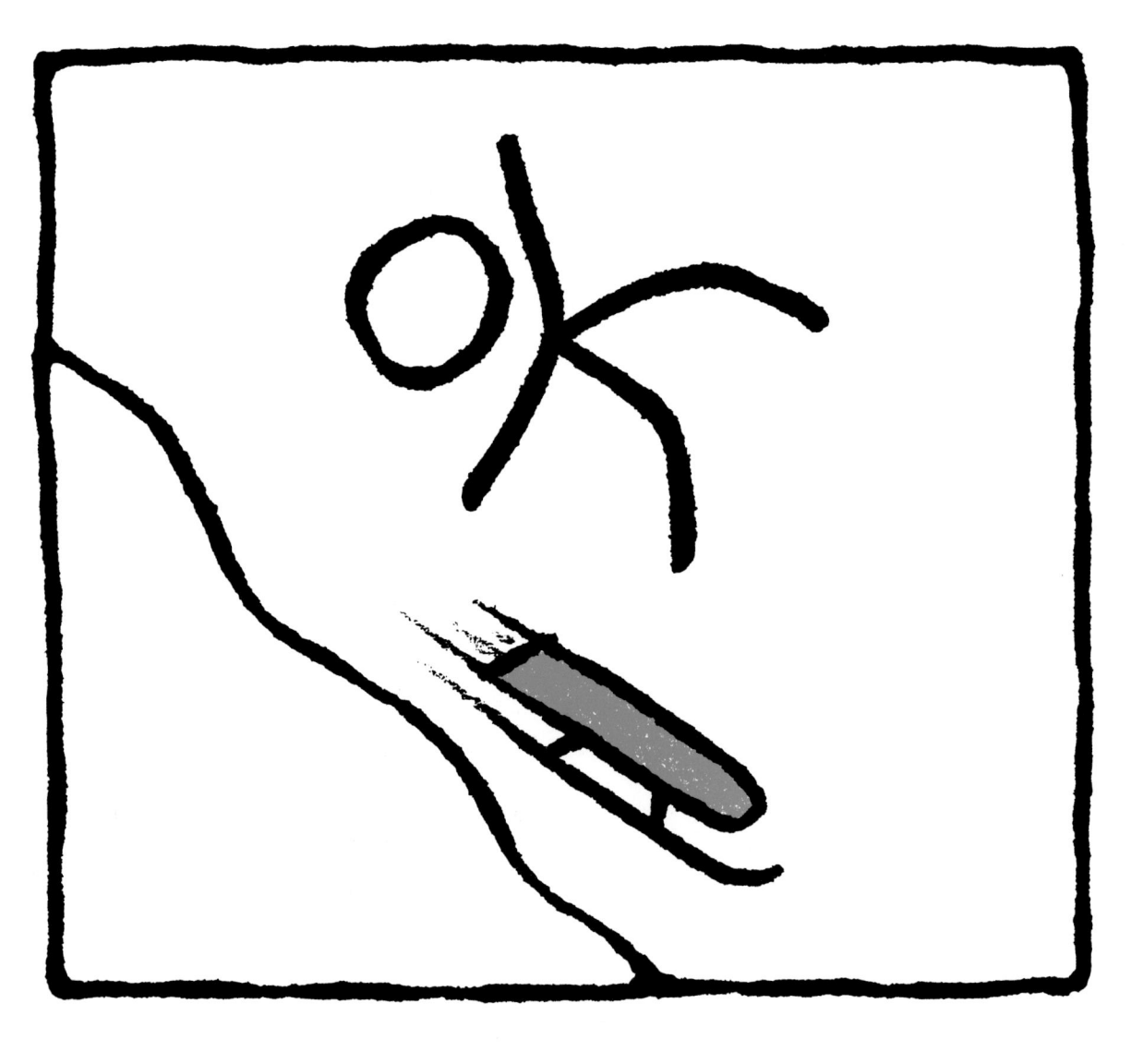

I'm an OK sledder.

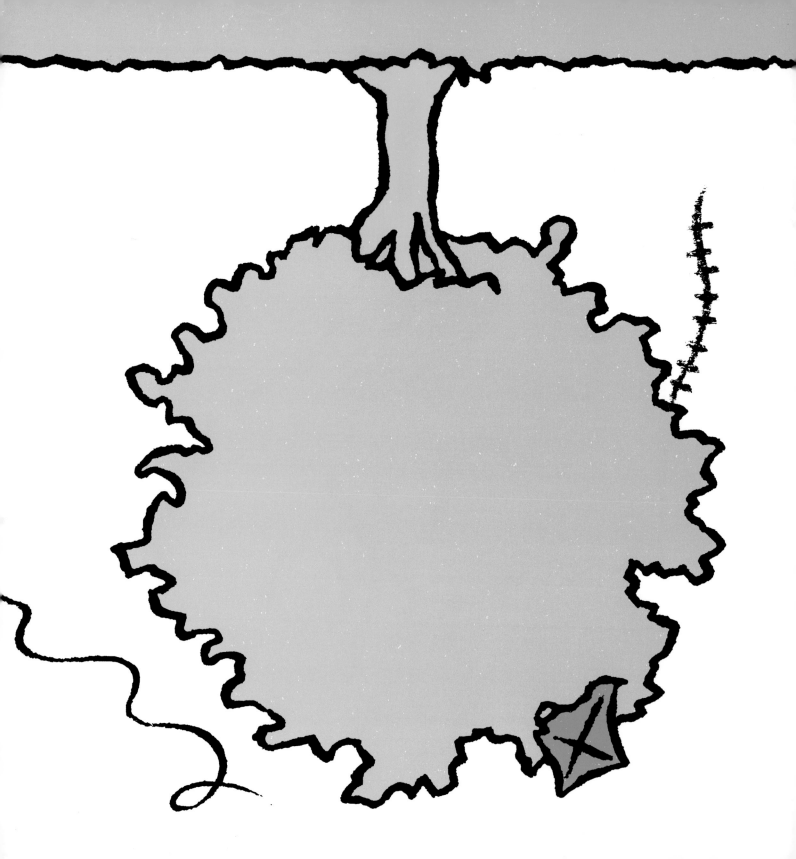

I'm an OK kite flyer.

I'm an OK tug-of-war-er.

I'm an OK sharer.

I'm an OK headstander.

I'm an OK pancake flipper.

I'm an OK fisher.

I'm an OK swimmer.

I'm an OK lightning bug catcher.

One day, I'll grow up to be really excellent at something.

I don't know what it is yet…

...but I sure am having fun figuring it out.

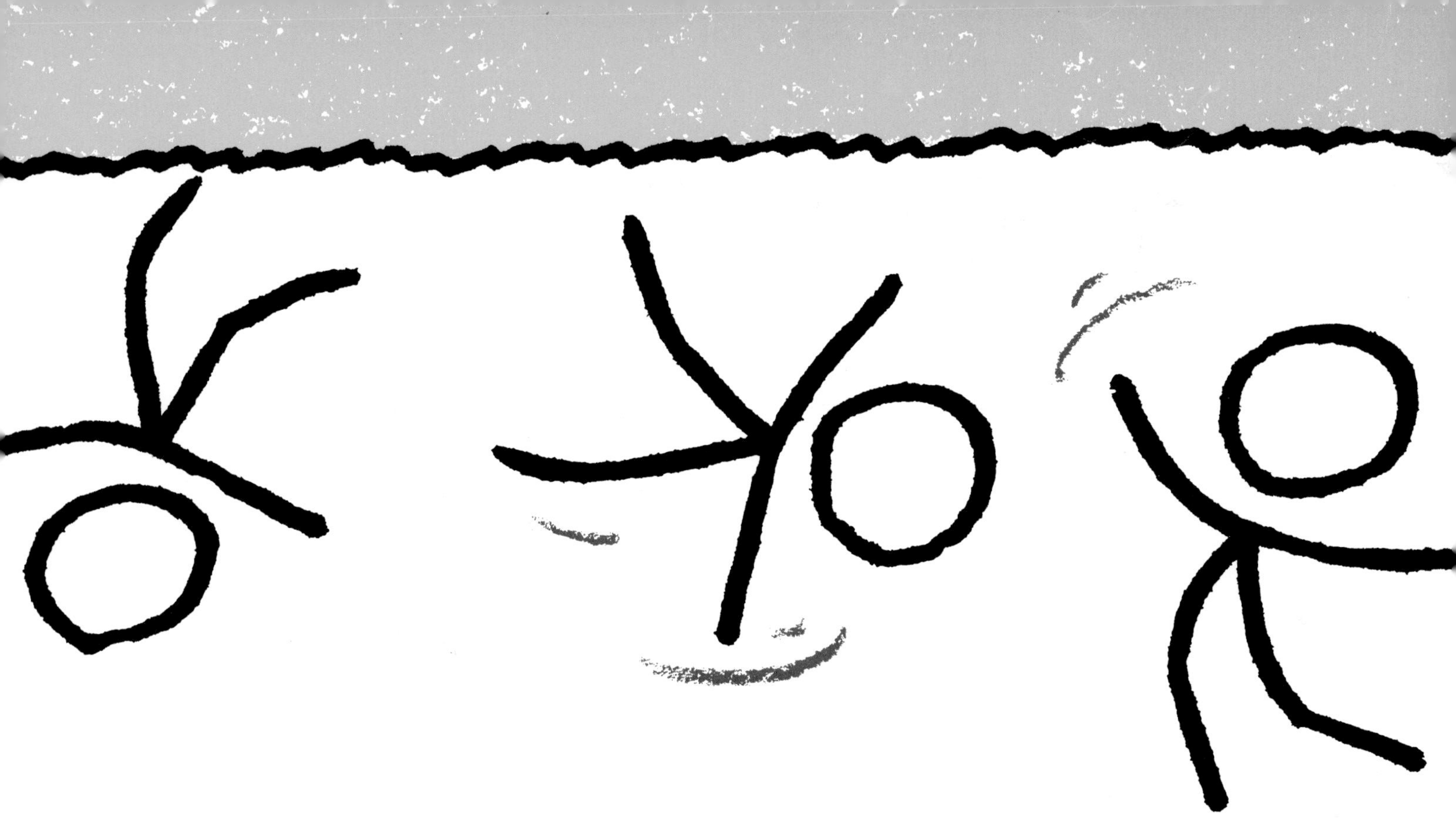

The end.